KB182565

바람풍선의 수화

박기원 시집

삽화_박수민

비가 내릴 듯 안 내려서
술을 마신다

술에 취할 듯 안 취해서
비에 젖는다

시가 쓰일 듯 안 쓰여서
술에 젖고
비를 마신다

우주雨酒여,
네 없는 곳에서 시를 쓰고 싶다

2024년
장마 끝에 서서
박기원

차 례

● 시인의 말

제1부

제2부

제4부

제1부

우주雨酒를 대하는 시의 자세

비를 맞고 시를 쓰는 것은
술을 마시고 시를 쓰는 것과 같다

술을 마시고 시를 쓰는 것은
비를 맞고 시를 쓰는 것과 같다

비 오는 날 써진 시 속에
청승맞은 빗소리가 들리는 것은
시가 술에 절었기 때문이다

술 마신 날 써진 시 속에
궁상맞은 술 냄새가 나는 것은
시가 비에 찌들었기 때문이다

다음날 시를 찢는 것은
비가 쓴 시인지
술이 쓴 시인지 알 수 없기 때문이다

진양호晉陽湖*・2

나는 사람을 아프게 하는 사람
사람을 사랑만큼 아프게 하는 사람

용서 구하지 못한 지난날과
용서받지 못한 참회를 향해
아픈 계절 하나 주워
물소리 들리는 쪽으로 던지면

미련스럽게 막아놓은 눈물 둑이
쿨렁 무너진다

---

* 진양호 : 1970년 남강南江을 막아서 만든 남강댐에 의해서 생긴 인공호수
로, 진주시 판문동, 귀곡동, 대평면, 내동면과 사천시 곤명면에 걸쳐 있는 호
수.

오래된 미래

귀 막는다고 안 들릴 것 같았으면
난 벌써 당신의 말씀을 잊은 지 오래였을지도 모릅니다

이제 마음먹지 않아도 무작정 아무 버스에 올라
무작정 아무 풍경을 바라보며 당신을 떠올릴 것을
미리 알 수 있는 것은
미래가 과거에 늘 해왔던 일이기 때문입니다

예감은 이미 지나간 일의 반추입니다
기약은 과거로 돌아가야 할 날을 정해놓은 날일 뿐입니다

오직 과거만이 지나가지 않은 미래입니다
어디서 어떻게 살고 있는지 궁금한 건
아직 과거에게 넘겨주지 않은 미래가 있기 때문입니다

기도가
오래된 미래라는 걸 모르는 사람은 없습니다
어쩌면 미래에게 비는 것이

과거에게 비는 용서일지도 모르니까요

미래로 갈 수 있는 과거가 없다는 건
과거로 돌아갈 수 있는 미래가 없다는 것
과거를 붙들수록 미래가 희미해지는 건
단 하나의 기억을 붙들고 살아가고 있는 현재 때문입니다

내가 사랑한 모든 것이 죽어 사라져도
끝끝내 나의 사랑을 받지 못한 것들은
내가 후회하는 과거로 돌아올 것을 알고 있습니다

오지 않을 줄 알고 오늘을 다 써버린 사람과
오지 않은 내일을 남겨두지 않은 사람은 한사람입니까

눈 감는다고 안 보일 것 같았으면
난 미리 당신의 뒷모습을 보지 않고 돌아섰을지도 모릅
니다

반그림자

캐리어를 개처럼 끌고 가는 사람 옆으로
목줄 찬 개에게 캐리어처럼 끌려가는 사람이 있다
아이를 데리고 종일 끌려다닌 것처럼 벤치에 기댈 때
목줄 채워진 듯 바람에게 끌려간 낙엽이
막다른 구석에서 한없이 부서지고 있다

밤에게 끌려가
평생 자라지 않는 아이가 될 줄 모르고 있던 아버지가
술을 마시고 돌아가신 듯 주무시던 날 밤에도
아이의 울음소리는 밖을 내다보지 않았다
울음으로 슬픔을 장만하던 태엽에서 빠져나온 새소리가
밤이 다니는 밤길 속을 유일하게 돌아다니고 있었고
밤에게 끌려가는 아이들의 발소리가
인형의 울음의 껍질을 벗길 때 귀를 막고 있었다

창가 의자에 노을처럼 기대고 테이블을 끌어당길 때
그림자가 끌려오지 않으려고 낑낑거린다
낙태에 대한 공방이

경계심을 유산시키고 있는 건너편 테이블

귓구멍이 귓등 몰래 주파수를 맞추고 있다

테이블 아래에선 테이블 위의 주제와는 다르게

타조처럼 구애의 춤을 추듯 다리를 방정맞게 떨고 있다

아이는 어떻게 지우는 거지

기억은 누가 지우는 거지

지워진 아이는 어디로 가야 할까

그 무섭고 어두운 길을 혼자 가야 하는 걸까

새 손님처럼 구석 테이블에 어스름이 앉는다

테이블 밑에 엎드려 있던 잔영이

물어뜯던 신발을 버려두고 목줄 팽팽해지도록 짖고 있다

아이는 누구의 아이일까

한파주의보

갈 곳 정해진 하루는
오라는 곳 없는 오늘과 기억이 같을까

국밥집에서 허겁지겁 베어 먹은 뜨거운 김이
줄이 엉킨 정류장에서 입김으로 줄줄 새어 나왔다
수은주가 웅크릴수록 남해로 가는 버스는
건조한 허공끼리 부딪치는 어깨처럼 투덜댔다
코를 풀지 않은 맹맹한 공기와
흐리멍덩한 풍경이 마주치는 동안
누가 없앤 마음인지 모르는 가슴이
김 서린 차창에 하트를 찍던 손과의 악수를 꺼렸다

살얼음 같던 사람의 체감온도를 기록해 둔 수첩을 꺼내
하루치 감정의 절댓값과
하루에 열두 번도 더 바뀌는 마음의 기울기를
체온계 없이 새로운 방식으로 재어본다
늘 그랬듯 새롭지 않은 방식으로 돌아올 것이었지만
늘 그랬듯 이번에도

돌아올 수 없을지도 모른다고 적어두었다

네가 나라면,
돌아오지 않을 듯 돌아오는 내가 더 미울까
돌아올 듯 돌아오지 않는 내가 더 미울까
아니면, 나에게 묻지 않는 네 질문이 더 차가울까

부동항을 찾아가고 있다
푸른 이끼 찾아 툰드라를 맨발로 뒤적이는 순록처럼
바다가 많은 바다에 가서
제 가슴 깊이보다 깊이 얼어본 적 없는 바다가
가슴 언 사람보다 더 가슴 치며
격랑의 몸부림을 치는 연유가 무엇인지 알아내고 싶다

수평선이 움츠릴수록
남녘으로 가는 배가 몹시 흔들리고 있다

달 뒷면의 표류기

시절은 비에 젖은 책장처럼 넘겨지질 않았고, 가난은 비 맞은 책장처럼 불어나고 있었다. 까마귀같이 악을 쓰며 늘 울던 사람이 울어야 끝을 맺던 어른들의 싸움은, 먼저 울면 끝이 나던 아이들의 싸움과 달랐다. 찌그러질지언정 부서지지 않는 세간이 수욕羞辱의 능선에 포탄처럼 떨어질 때, 부러져 비뚤게 강직된 뼈처럼 접혀지지 않는 밥상 다리 옆을 방공호인 양 몸 숨기고, 듣지 않으려고 아니, 아무것도 들리지 않으려고 책을 펴고 있었다. 어린 나를 구원하려고 생지옥에 뛰어든 글자들이 들켜버린 암호처럼 눈물보다 짠 김칫국물에 이지러지고 있었다.

혈족 없는 행간에 맡겨져 빈 젖통인 만연체의 문장에게 젖동냥 다니고 있었다. 감정만 소비하는 인문서의 낭비벽이 갈피 많은 꿈을 감쪽같이 타락시키고 있었다. 끝을 내지 않은 지난날 때문에 시작도 못하고 있는 앞날이 덧날까 봐, 상처가 돋보이도록 감동이 적나라한 책의 반전에 연루된 결말은 덮어두었다. 책이 있었기에 살아낼 수 있었던 날보다 살아남기 위해 책을 드는 날이 잦았고, 잦을수록 연탄가스를 마시고도 살아남은 날처럼 앞날이 자욱해졌다.

어떻게 읽어도 슬픈 어린 날은
어떻게 찢어도 슬픈 울음소리를 가지고 있다.

어제의 기억을 가지고 사는 오늘이
부러져 비뚤게 강직된 마음 쩔뚝이며
도저히 읽을 수 없었던 것을 읽어야만 했던
그날처럼 걸어가고 있다.

세상은 아직도 싸우고 있는가
어디선가 까마귀 우는소리 들려오고 있다.

청명우 清明雨

비는 꽃을 위해
울지 말고 오라고 비 내리고
울지 말고 가라고 비 내린다

꽃은 비를 위해
울지 않은 것처럼 피고
울지 않은 것처럼 진다

집에 대한 사색

　겨울새가 집 구하러 남강*을 들락거린다. 늦게 당도한 새는 발품 팔아 수초들이 사는 바지하를 헤집고, 복덕방 없는 수중의 달동네까지 물살 가르며 뒤진다. 허공을 분양받은 새는 돌려줘야 할 집이라는 것을 알기에 몸집이 커지지 않게 집을 작게 짓는다.

　요절하지 못한 망치가 머릴 찧다 칼을 낳고, 칼은 횟집을 낳고, 횟집은 소줏집을 낳고, 소줏집은 잔칫집을 낳고, 잔칫집은 고깃집을 낳고, 고깃집은 상갓집을 낳고, 상갓집은 눈물을 낳고, 눈물이 낳은 사람은 눈물로 이룩한 누대의 이력을 펼쳐놓고 창세기를 쓸 것도 아니면서 집을 크게 짓는다.

　헐레벌떡 싸 들고 온 퇴근이 비밀번호 누르기 전에 식어 있고, 오지 않는 사람 쪽으로 뱃머리 돌려놓고 정박 중인 신발이 노크 없이 떠내려가고, 웃풍 심한 침실이 얼굴 없는 사람들로 그득해지면, 바라볼 때마다 흐뭇해하며 술을 꺼내던 장식장은 새처럼 다시 허공에게 집을 돌려주기 위해 짐을 싼다.

집이란, 무정란을 잉태하고 불안정한 마음을 안정적으로 낙태하는 계란판 같은 곳일까. 접시에 비스듬히 썰어 포개 놓은 사과 계단을 오를수록 갈변되는 가족이라는 이름들. 사과를 꼭꼭 씹을수록 그 이름들이 걸어간 복도가 허공과 닿아 있다. 비어 홀로 남겨진 집이 허공으로 돌아가려고 거미집처럼 출렁인다. 처마에 매달린 초저녁이 어제처럼 무너질까 땅바닥에 엎드린 땅거미들이 제 눈에 거미줄을 친다.

시든 꽃줄기가 가는 오줌 줄기처럼 타고 오른 담벼락 아래, 가로등이 토해 놓은 불빛을 밟은 낙엽이 강둑에서 연신 발바닥을 문댈 때, 허공에 집을 돌려준 사람들은 러브하우스에 깃들기 위해 바람찬 강을 건너고 있다.

나의 집은 어디에 있을까.
매물로 나온 허공의 목록을 살핀다.
집을 비우면 편지는 내가 없는 옛집으로 올까.

네 집이 거긴데

네가 자꾸 멀어지는 이유는 뭘까.

* 남강南江 : 경상남도 남부를 흐르는 낙동강의 지류로, 진주시를 가로지르며
흐르는 강.

외계어外界語

갓난쟁이의 옹알대는 투가
이 세상에 오기 전의 세상과의 교신 같다

어제가 없었던 오늘처럼
여기서 시작하겠다는 씨앗의 말 같기도 하고
아름다울 내일보다 더 아름다울지도 모를 오늘처럼
오롯이 피고 싶다는 꽃잎의 말 같기도 하다

처음이자 마지막 나의 고백이 비문非文이었음에도
당신은 이 세상에 와서 처음 들어본 말인 양
이 세상에 와서 다시는 들어보지 못할 말인 양
카세트테이프처럼 앞으로 돌려 듣고 있었지

가진 게 나밖에 없는 나를 아낌없이 주겠다 한듯하고
너밖에 모르는 나를 남김없이 주겠다 한듯한데
내가 어디에서 왔는지 알아내기라도 할 심산으로
어디서 그 말을 배웠는지 캐묻고 있었지

바람의 소리와 파도의 말을 기록하지 못하듯

요즘 깜빡깜빡 당신 말을 제대로 알아듣지 못해

의심 사는 일이 내게 생기는 것은

우리가 왜 이 세상에 왔는지 밝히는 데 써야 할

이 세상에 오기 전의 세상의 말로

이 세상을 살아가려 했기 때문일지도 몰라

이 세상에 오기 전의 세상의 말을 잊지 않고 있을 테니

우리 다시

이 세상에 오기 전의 세상으로 돌아가는 날까지

조금은 답답해하면서 살아보길 바라

스노볼snowball

강원 산지에 대설특보가 내려진 날
캐럴 한 곡 부르면 겨울 다 가고 마는 남녘에서
차라리 하얀 겨울에 떠나요* 흥얼거리고 있다

남해 금산**을 거꾸로 뒤집어 탈탈 털어도
눈꽃 한 송이 피우지 못할 산등성이에
남해 파도의 멱살을 잡고 흔들어도
자국눈 한 걸음도 떼지 못할 바닷길에
흥얼거리지 않아도 눈을 내릴 수 있다니

말없이 안아주는 바람의 어깨에 턱 올려놓고
바람 모르게 울었던 날이 기억나지 않는다고 하자
간호사는 거꾸로 흔든 약병에 주사기를 꽂는다
자꾸만 내리는 눈처럼 쏟아져 내리는 잠 때문에
하루가 하얗게 쏟아져 오가도 못할 것이 분명하다

사람처럼 하늘의 실수로 눈이라도 내려준다면
찾을 수 없는 곳에서 불러보려고

부를 수 없는 곳에서 찾아보려고

기억 갈피에 압화押花해둔 지난겨울을 꺼내보는 남녘의

겨울

유리알같이 투명한 날들을 거꾸로 흔들다 바로 세우면

일기를 거짓말로 펑펑 채우던 날들이 도둑눈같이 내린다

잠시 잠깐 흩날린 마음을 첫눈이라 우기고 싶다

쇠눈 같은 기억을 흔들다 내려놓으면

네가 왜 자꾸 쌓일까

나도 모르게 흥얼거리게 된다

* 차라리 하얀 겨울에 떠나요 : 가수 최백호의 「가을엔 떠나지 말아요」
** 남해 금산 : 경상남도 남해군 상주면에 있는 해발 681m의 산.

가슴을 반으로 접으면 나비가 될까

무게란
짓누르는 무력감에서 감당하지도 않는 가슴을 뺀 단위다

가슴속이 보이지 않을 만큼 짓밟힌 헌 박스도
컴컴해서 가슴속을 알 수 없는 멀쩡한 박스도
고물상에선 무게로 팔릴 뿐이다

무게의 부피를 줄이려는 사람의 허리가 폐지를 닮아간다
일 중에 가장 어렵고 힘든 일은
아무리 애써도 좀체 죽나지 않는 일

고요만 남은 등대의 궤적을 아무리 많이 주워 와
꿈을 비추는 가슴에 갖다 바쳐도
그것은 일용할 번뇌에 지나지 않는 일

어둠은 부나비 날갯짓같이 지나치는 자동차 불빛으로
주운 가슴을 잠시 제 가슴에 대어보고 버리고 있다

가슴이 가슴을 버릴 때

가슴에게 물어보지 않았던 것은

먼 곳 다녀온 바람이 누울 곳 보지 않고 쓰러질 때

풀잎이 제힘으로 일어서려고

이슬 맺힌 가슴을 털어냈기 때문이며

가로등 불빛이 더듬어 읽고 간 서간체의 석축 아래

불면 더미 주우러 여명이 빈 가슴을 끌고 갔기 때문이다

무게를 보태려는 그림자가 리어카에 매달려 있다

아무리 쌓아도 제 키 넘기기 힘든 폐지 줍는 일과

아무리 버려도 버릴 게 남는 가슴 버리는 일이

아무리 애써도 좀체 티 나지 않는 일

접으면 무거워지고 펴면 깊어지는 가슴아,

시리고 아픈 가슴만 남을 때까지 쥐어박고 쳐서라도

널 버리고 또 버릴게

나의 계절엔 봄이 오지 않는다

도무지 부칠 재간 없어
찢어버린 편지 쪼가리가 흩어져 새가 된다
한두 음절씩 부리에 소식 물려 보낸 새 중에는
돌아오지 않은 새도 보인다
새가 무소식을 물고 팔랑팔랑 돌아왔을 때
기억의 무늬가 찢겨 있었다

시간보다 신통하지 않은 약을 먹다가
놓친 컵이 깨지며 꽃이 된다
계절에 상관없이 피어난 꽃 중에는
계절보다 찬란히 저버린 꽃도 보인다
꽃이 향기도 없이 만개할 때
기억의 잔상에 피톨이 양각되었다

새는 꽃이 시들지 못하게
찬장에서 꺼낸 꽃말을 부리에서 놓치고 있고
꽃은 새가 날아가지 못하게
깃촉을 뽑아 못다 한 말의 가장귀에 꽂고 있다

빈 꽃병이 엎지른 햇볕으로 차린 식탁에

늦은 아침이 홀로

울지 않는 새의 울음을 집어 보다가

핏기 없는 꽃의 향기를 발라내다가

한 사람이 남긴 계절에 손이 자꾸 가고 있다

혼자 먹는 정오 뉴스

꿈 하나가 죽어서 돌아오고, 꿈 하나는 죽었는지 살았는지 알 수 없고, 꿈 하나가 꿈에서 깨어나지 못하고 있는 줄, 밥때가 다 지나가도록 모르고 있었다. 누구보다 시간을 아끼는 사람은 꿈을 아끼기 위해 절망의 밑변을 야무지게 베어 물어도 포트폴리오*의 세 꼭짓점이 온전하게 살아남는 삼각김밥으로 허기를 때운다고들 했다.

애매하게 꾼 꿈으로 복권을 산 후, 소다 넣은 달고나처럼 부풀어 오르는 체념을 경계하며 밥을 기다리는 동안, 네일 숍에서 갈아 끼우고 버린 손톱이 거리를 나뒹굴다 스키드 마크를 밟은 행인을 할퀴었다는 보도가 전해지고, 우편함에서 꺼낸 작은 햇살의 겉봉을 찢는 일은 기다리는 사람이 있어서가 아니라 기다려도 오지 않는 사람 때문이라는 것이 반송함이 텅 비었을 때 증명되었다고 한다. 그러면서 기다림을 밥 먹듯이 하는 사람 앞에서는 그리움을 깨지락거리는 일은 하지 말 것을 당부한다고 덧붙였다. 전복顚覆된 발자국을 전복全鰒처럼 얇게 썰어 접시에 담고 있는 모습이, 언제 밥 한 그릇 하자며 자리를 뜬 사람의 변조된 육성과 함께 모자이크 처리되고 있었다.

국에 만 밥 한술 뜨다 돌부리 드러난 강바닥 같은 뚝배기에 몸을 던진 건더기를 추모하며, 꾼 꿈으로 복권을 산 것이 천기누설인 양 끝끝내 하지 못한 말처럼 아끼기로 한다. 혼자 먹는 밥일수록 든든히 먹고 다녀라 옳은 말보다 틀린 말을 하지 않으시던 아버지의 따분하던 억양도 아끼기로 한다. 점심시간을 구하러 가는 구조대의 사이렌을 두고 남발하는 웅성거림 속에 번호를 아끼고 아껴서 고른 복권의 번호를 다시 한번 외워보고, 한 번도 제대로 들어맞은 적 없는 꿈을 믿어보기로 한다. 오지도 않은 복이 달아나기 전에

* 포트폴리오 : 투자의 위험을 줄이고 투자 수익을 극대화하기 위한 일환으로, 여러 종목에 분산 투자하는 방법이다.

바다 그리고 바다

헤어진 후
지조 있게 수절한다는
소문은 없었다

헤어진 후
외로워서 요절했다는
소문도 없었다

바다로 갔다는 소문만
파도처럼 파다했다

소문 따라와서 보니
누가 다녀갔는지
온 바다가 흥건했다

백련白蓮 · 1

혼자 열떠 수줍은 한 걸음 슬쩍 떼어놓고

눈에 띄지 않게 수없이 다녀왔을 망설임이

떨어지지 않는 한 걸음 겨우 살멋 떼어놓고

지금 안 보면 다신 못 볼 것 같은 초조감이

돌이킬 수 없는 한 걸음 마저 살폿 떼어놓고

면사포를 걷어 올려주고 싶었다

그대에게 나를 바치고 싶었다

백련白蓮 · 2

누가
진흙탕 같은 나의 지난날을
진흙탕에서 살아낸 듯이 들어주고 있을 텐가

누가
너만 바라보는 나를
이토록 고요히 내버려두고 있을 텐가

너, 아니면

제2부

바람풍선의 수화手話

강변 대숲이 일렁일 때마다
덩치 큰 짐승이 어슬렁거리는 것 같다

한 걸음 멀어질 때마다 두 걸음을 헤매던 나는
푸른 밤 푸른 남해의 별고기 떼를 쫓아 짖어대던
금오도*의 개였는지 모른다

한 걸음 다가갈 때마다 남은 걸음을 숨차하던 나는
방울 소리 겨우 지나갈 비좁은 바람 기슭 지나
울음소리가 되돌아오지 않는 하늘 비탈 걷던
포카라**의 짐 당나귀였을까

바래다줄 수 없는 곳까지 바래다준 날
해줄 수 있는 말이 침묵뿐이었던 그곳에서
길게 쓰러지던 뒷모습이었는지도 모른다

모든 것이 흔들리고 있는 창밖 내다보며
흔들리지 않으려고 흔들리는 눈동자

창 안에서 나는
단벌 구두처럼 걸음을 오래 신고 있었다

길이 먼 것은 오래 떨어져 있었기 때문이란 걸
길이 멀수록 뛰지 말아야 한다는 걸 나만 몰랐을까
스치는 바람 한 줄에도 널 지나치지 않으려고 발 동동
어쩌면 나는, 제자리걸음 걷는 나무였는지 모른다

잠든 골목을 깨우지 않고 몸을 빼낼 때
터럭 같은 댓잎에 반사된 별빛이
땀방울처럼 온몸에 흥건하다

돌아갈 길을 남겨두지 않은 쪽으로
짐승이 몸을 일으키고 있다

* 금오도 : 여수시 남면에 딸린 섬, 지형이 큰 자라를 닮아 금오도라 한다.
** 포카라 : 안나푸르나 트레킹을 위한 관문이자 네팔 대표 휴양도시이다.

소란騷亂은 주저흔躊躇痕이다

닫힌 창으로 어찌 들어왔을까

키다리 광대의 족마 같은 햇발의 긴 다리가
장식장 며느리발톱에 걸려 자빠진다
잠이 부실한 거실이
곁눈으로 잠깐 그 기척을 째려봤을 뿐이다

이상한파로 창백해진 기색의 벽지가
한여름 해바라기처럼
퇴색한 난반사를 벌컥벌컥 들이켜고 있다

뉘면 눈 감는 거룩한 인형이
서서 조는 커튼의 기면증嗜眠症을 훔쳐내자
알람보다 먼저 깨는 법 없던 먼지가
잠을 자도 잔 것 같지 않은 이유보다 먼저 일어나
알람을 끄며 돌아다니고 있다

찻잔을 들고 있던 역광이

동면 중인 나비 날개 같은 찻잎에 입김을 불어 넣고 있다

아무것도 들어 있지 않은 눈동자가
창문 흔들리는 소리에 골똘해지고 있다

누가 다녀간 걸까

뽁뽁이*

있어도 그만 없어도 그만
그저 그런 저마다의 하루가
생겼다 순서 없이 사라지는 물거품같이
문 열면 문 앞에 택배
나를 열면 내 앞에 포장 뜯겨진 하루치 파도들이
순서 없이 밀려왔다 밀려나고 있다

뽁, 광고에 나오는 저 그침 없는 건전지만 있으면
거울보다 질문 많은 거울에게 대답해 줄 수 있을까
뽁, 맞은편 사람에게 물을 끼얹는 배우는
제 집 화분에 물은 주고 나왔을까
새 모자를 클릭하고 한 철 쓰고 다닌 모자를
한 철 앞에 쓰던 모자에 포개둔다

박스 뜯다 침이 고인 손이
생전 낙하해 본 기억이 없는 사과를 놓친다
추락의 속도를 받아내지 못한 중력이
이런 순간은 처음인 듯 푹 꺼진 한쪽 얼굴을 들고 있다

쓸릴 때마다 아픈 물집 같은 물거품이 바닥에 돋는다

무너지던 달처럼 납작해질 뿐 나는 터트려지지 않는다
반품시키기에 애매한 침묵도 이런 순간이 처음인 듯
응어리 쪽으로 머릴 기울이던 신음을 꾹 눌러본다

뿍, 손이 손맛을 기억하듯 신상 그리움을
넘치지 않는 장바구니에 저장해둔다
남아도는 그리움은 언젠간 물거품이 되겠지

문 열면 문 앞에 택배
내 앞에 두고 간 박스를 열면
물거품으로 둘둘 말린 네가 멀쩡히 서 있다

* 뿍뿍이 : 에어캡air cap, 기포가 들어간 포장용 비닐.

추가 목록

나는 나보다 먼저 울지 않게 되었다
처음엔 거리에서도 서툴렀지만
나중엔 방안에서도 가능하게 되었다

살다 무슨 일 생길지 몰라
별 재주 없는 나에게
기특한 재주로 남겨두기로 한 이후로

휴일은 살아 있어서 고마운 날들 앞에서
재주를 부리고 싶은 날이었고

혼자 있는 날은 표정을 접어둔 기억과
재주를 분리 배출해야 하는 날이었으며

생일은
웃음들 사이에서 재주를 발라내지 못하는 날이었다

재주는 드러내는 순간

더 이상 유일한 재주가 아니었기에

검은 안경을 쓰고 다니는 날이 잦아졌다

재주의 목록에서 삭제된 드라이플라워가 투신한다

파사삭, 마른 눈물이 반짝거렸으나

그때 나는 검은 안경 뒤에서

드라이플라워가 걸려 있던 못처럼 서 있었다

딱 그만큼 자란다

나무는
걸어가야 하는 여정만큼 자라고
물고기는
잠들지 않는 파도만큼 자라고
산새는
가면 돌아오지 않는 메아리만큼 자라고

시대는
걸어간 나무처럼 앞서간 사람으로 자라고
세상은
밀려간 파도처럼 일어선 사람으로 자라고
욕망은
길 없는 길을 다녀온 메아리처럼
거침없는 사람으로 자라고

나는 자라는 것들 뒤에 서서
박제된 기억만큼만 자라고

유모차

선산 지키는 등 굽은 소나무에 업혀

둥골 빼먹던 칡꽃향이 주반노주晝半逃走하고 있다

허공의 둥골은 누가 빼먹었나

산골 버스 지나간 자리에

흙먼지 맥없이 풀썩 주저앉는다

하루 한 번 오가는 석양 버스 타려고

등 굽은 엄마 구름이 빈 유모차 밀고

구불텅 밭뙈기 돌무덤 건너오고 있다

둥골 흰 달이

산골 버스 놓친 사람 엄마 보고 함께 가자고

석양 버스 놓친 구름 엄마 보고 같이 가자고

업고 다니던 달무리 내려놓으며

어스름 길 비춘다

바짝 앉으니 반짝 빛난다

꽃 받고 좋아할 모습 떠올리며
꽃을 사고

꽃 볼 때마다 웃을 모습 떠올리며
꽃병을 사서

우리 사이에 두었다

믿음에 대한 같은 질문과 같았던 대답들이
믿음 하나로 말없이 살았던 세월 앞에서
애기꽃으로 피어난다

사랑을 위한 같은 하루와 같았던 매일들이
사랑 하나로 밥보다 빨리 식기도 했던 식탁에서
웃음꽃으로 피어난다

어루만지고 매만지는 눈길에
가슴 무너지던 곳에서만 피던 눈물방울꽃도 피어난다

꽃과 사람,

다가갈수록 눈부시다

다섯 번째 방향

길을 가다
사람을 잃어버렸다

길이 다 같은 길은 아니어서
그 사람을 찾을 길이 없었다

찾을 길 없어서
찾을 때까지 찾기로 마음먹고
마음먹기로 마음먹고

웅성대는 정류장을 가 봐도
가로등 아래를 얼쩡거려봐도
누구의 이별인지
누구의 그리움인지 분간할 수 없었다

아직 나를 찾는 이 없는 걸 보면
그 사람은
사람을 잃어버린 게 아니라
길을 잃어버린 게 틀림없다

노동기勞動記 · 2

가슴에 곡괭이질 한 적 있다

새가 날아간 방향은
내 눈이 파놓은 쪽

허공 날던 비닐봉지가
가슴 패인 새처럼 나뭇가지에 앉아
파르락 파르락 울어댄다

새는 누구 가슴 후벼 파서
제 아픔 심으려는 건지
저리 쪼아대는 걸까

곡괭이 같은 낫달로
내 가슴 찍어내고 있는 것은
내가 파놓은 남의 빈 가슴이었다

그해 겨울, 유독 추웠다

시장에서 떨이로 팔린 외침이 가난했고
막차 놓칠까 뛰어온 숨소리가 가난했다

옹기종기 풀빵 집 들여다보는 별들이 가난했고
절뚝이며 병원에서 쫓겨나는 바람이 가난했다

용서할 일보다 용서받을 일이 득실거릴 때
신문지에 싼 비곗덩어리를 꼭 쥔 실핏줄이 유독 새파랬다

식어가는 밥그릇 대신
아랫목에는 안티푸라민 냄새가 몸을 지지고 있었고

구멍 난 일 장갑의 구멍 옆에 서 있던 표정이
눈시울이 훔친 눈물보다 빠르게 눈치를 갈아 끼우고 있
었다

빨간 내복을 물려 입은 가난이 물려받은 정전기에 놀라
비탈진 계단을 한참 굴러 내려가고 있었다

그해, 긴 겨울이 나를 살려두는 대신

나에게 단단하고 야무진 가난을 던져주고 갔다

바다 사거리

막힘없이 드나들어도
발 들일 곳 없이 좁고 험한 바닷길

사거리란, 보낼 사람 보내놓은 다음에 가라는 길

파도 보려고 바다를 가는 건 아니지만
파도가 없으면 바다가 아니듯
널 보내려고 사거리를 가는 건 아니지만
네가 있어 그 또한 사거리인 것을

사거리에선 제 차례를 기다려야 하지만
나는 파블로프의 개*처럼 파도 소리만 들리면
침이 고여 네가 없는 바다로 나간다

길에 숨겨진 과속방지턱 같은 섬과 부딪히며
너울이 그어놓은 스키드마크를 추월하는 물새보다 먼저

물그림자에 접안하다 다친 별자리 싣고

멀어져가며 뚝뚝 끊기는 사이렌보다 먼저

다 와 간 적 없는데
나는 또 추돌하거나 좌초되고 만다

우는 사람 많아 좌우를 살피며
건너야 하는 바다 사거리

네가 출렁이자 길이 깊어진다
네가 거칠어지자 길이 닫힌다

세탁소 가서 구겨져 있던 파도 한 벌 다려 입고
사거리에 다녀올 때마다 나는 해무처럼 앓아눕는다

카메라 샤워

골대에 부딪혀 생긴 눈썹 위 흉터

열등감이 필요한 왼쪽을 뒤로 물리고

멀끔한 오른쪽을 모로 앞세워 사진을 찍는다

김치~, 새살 돋은 왼쪽에겐 너무 맵고 짠 포즈다

윙크~, 햇살 돋친 왼쪽에겐

찡그린 각도에게 선심 쓰는 썩소이거나

치즈~, 좋은 날을 망치고 싶은 왼쪽이

용의선상에 오른 머그샷이다

사진이란,

찍힐 때마다 당하는 가장 환한 폭력 같은 것

태양을 입에 물었다 삼키지 못하고

도로 뱉어내는 구름의 무색한 표정과도 같은 것

오른쪽은 왼쪽의 페이스메이커일까

뒤처진 눈길의 손목에 연결한 눈꼬리 붙들고

왼쪽을 위하여 안색의 보조를 맞추고 있다

미담이 저장된 갤러리에는

이 새에 낀 고춧가루처럼

표정들 사이에 무표정이 끼어 있는 사진밖에 없다

위로랍시고 흉터를 반대쪽에 그려 넣은 거울이
제 손등 내리며 왼손을 때렸는지
오른손이 맞았는지 번갈아 엄살떨고 있을 뿐이다

공이 골대를 맞고 튕겨 나온다
얼굴 감싼 탄식이 흉터에 닿는다
수없는 드리블과 슈팅에 차이고 까인 흉터에
흉터 하나를 더 새기고
공은 다시 그라운드로 탈래탈래 들어서고 있다
돌아보기 전에 돌아서기만 하던 왼쪽을 위하여
채널을 돌리지 않고 있다

오른쪽이 받은 공을 왼쪽에게 길게 올려준다
그래, 지금이야

강둑실록實錄

개양귀비 수레국화 갈대 개망초 할 것 없이
웃자라 있는 하지夏至
길과 허공의 경계를 넘어버린 풀들의 강둑

바람이 터준 길을 모로 서서 걸어야 하는
햇빛의 길이 비좁게 질겁하는 사이
풀들의 이름이 엉켜서 흐드러지고 있는 강둑

풀 베는 날이다
이슬 한 방울이 안개 한 줌으로 번지는 날을
아무도 기록해야 된다고 말하지 않은 날이기도 하다
어쩌면 역사는 골고루 잘 잊히기 위한 기록이며
기록되지 않은 역사는
어쩌면 잊을 게 너무 많은 기억인지도 모르게 된 날이다

신의 이름이 너무 많아 다 부르지 못하고 선 채로
돌아가는 칼날에 죽음을 받아들인 날이다

피붙이를 피신시킬 엄두도 못 낸

풀의 피 냄새가 비명처럼 진동한다

몰살, 쓰러진 위에 쓰러지고

고꾸라진 위에 고꾸라지며 스러지는 초록들

모가지가 잘리고 모가지가 날아간다

머리와 가슴이 만나 서로의 기억을 대조하지 못하게 하고

머리를 가슴에 맡기고 갈 때 뒤돌아보지 못하게 하며

머리에 둔 가슴을 데리러 갈 때 울고 넘지 못하게 하기 위

함일까

여기가 왔던 곳인가 나비가 길을 잃고

여기로 갔던 곳인가 다리 풀린 강물이 주저앉고

피 냄새 맡은 풀벌레마저 잠잠하다

강둑이 무릎 꿇고 붓을 꺾는다

그림일기

해묵은 이불 밟아 빨고
강가에 나와 보니
얼마나 세게 밟았던지
이불 수놓았던 꽃숭어리가
노을처럼 이지러져 떠가네

내가 밟은 것이 꽃일까
내가 지운 것이 발자국일까

철 지난 이불 털어내고
강가에 나와 보니
얼마나 힘껏 쳐댔는지
가슴 수놓았던 꽃말이
물그림자처럼 헝클어져 떠가네

내가 흘린 것이 꽃일까
내가 놓친 것이 너일까

다 칠하지 않은 하늘이

강에 내려와

꽃이 가는 길 따라 걷고 있네

목련 · 1

발길 멈추고 쳐다보네
그 사람 같아서

눈길 멈추고 쳐다보네
그때 그 사람처럼
또 몰래
가버릴까 봐

목련 · 2

딱 한 번 봤을 뿐인데
열 날을 만난 것같이 너 아니면 안 될듯하고
백 날을 만난 것같이 너 없이는 못 살듯하다

딱 한 번 안 봤을 뿐인데
하루를 안 본 것같이 내가 먼저 미치고
열 날을 안 본 것같이 내가 먼저 시든다

제3부

남강 대숲

해선 안 되는 것보다
하고 싶은 게 훨씬 많았던 시절은
배곯아 가난했던 날보다
살찌고 배부른 것도 아닌
매를 버는 날이 훨씬 많았던 시절이었다

세월 지난 것보다
세상 변한 게 훨씬 많은 시절에 당도해 보니
하고 싶은 것보다
해선 안 되는 게 훨씬 많은 시절이 되고 말았다

돌아가신 아버지 앞에라도 불려 간 듯
회초리 부려놓은 대숲에
남세스런 시절 타령 늘어놓는 나를 세워놓는다

대나무 한 마디 한 마디가
인간사 열 마디의 꾸짖음이다

낭창낭창 한껏 팔을 뒤로 젖힌 댓가지가
나를 힘껏 내리치고 있다

달빛이 훔쳐보는 내 육신에
도려낸 듯 매 자국이 부르트고 있다

수평에서 멈추다 · 1

빗물이 Dm* 부근의 해안선에서
제 음가音價를 찾지 못해 환상통 앓는다
인장력 상실한 기억이 발작을 일으켰다
공명통 깨진 파도처럼
하마터면 덩달아 울 뻔했다

수평을 헛도는 줄감개**
우리는
느슨했던 게 아니라 끊어져 있었다
뒷모습을 조율하던 눈시울이
감아도 감아도 번지는 섬 하나를 흘렸다
목울대가
하마터면 수평을 퉁길 뻔했다

* Dm ; 우울하거나 적적함을 표현하는 기타 코드의 하나.
** 줄감개 ; 기타 줄을 감거나 풀어 조율하는 부분.

수평에서 멈추다 · 3

세상으로 나를 내보낼 때에는
나서야 할 이유가 진잔해질 때까지
함부로 나서지 말라는 이유도 있었을 터

세상으로 나를 등 떠밀 때에는
나서지 않으면 안 될 이유가 잠잠해질 때까지
어설피 나서지 말라는 이유도 있었을 터

수평선같이 살아라
말씀의 표면장력이 나를 길들인다

내가 만든 세상의 불신이 너울처럼 깊어지고
깊어질수록 발끝이 닿지 않는 세상의 수심水深

수평선,
다가갈수록 나를 밀어내고 있는 것일까
다가설수록 멀어지고 있다

수평에서 멈추다 · 5

수평선은

단 한 번도 수평이었던 적 없으면서

수평이 되려고 잠시도 가만있은 적도 없다

어깻죽지 축 늘어져 돌아가는 해의 뒷모습을

사나운 심보로 옷걸이 없이 삐딱하게 걸어놓는 수평선

약을 반으로 줄이고

바다를 반으로 줄이면

수평선의 아가미가 좀 더 편안한 숨을 쉴 수 있을까

단 한 번도 수평이었던 적 없는 수평선처럼

단 한 번도 수직이었던 적 없던 삶도

흔들리지 않으려고 잠시도 가만있은 적도 없다

풍랑이 드세고 너울이 줄기찰수록

끊어진 적 없이 더욱 질겨지는 수평선처럼

넘어진 김에 쓰러지려 할 때마다

삶은 일어서고 있다

수평선을 걷다 실족한 배가
외줄마냥 수평선을 부여잡고
다시 수평선 위로 고갤 내민다

파양된 계절

세간살이 다 버리고 쫓기듯
구름이 정처 없이 이사 가는 날이었다

구름이 기약 없이 맡기고 간 어린 햇살을
석양으로 새 옷 갈아입히고
망진산* 너머 진양호**에게 입양 보내는 날이었다

립스틱 짙게 바르고 쏘다니는 남천나무
오늘은 집에 들어가지 않기로 한 날이었다

남들 다 가도 나만 갈 수 없고
남들 다 가도 나만 가면 안 되는 곳으로
내 발길이 마음 가는 대로 옮겨지는 날이기도 했다

* 망진산望鎭山/望盡山 : 진주시 망경동 일대의 산이며, 고려 때 어느 충신이 역적으로 몰려 귀양 오게 되자 나라 걱정을 하며 이 산에 올라 북쪽을 바라보았다고 하여 망경산望京山이라고도 한다.
** 진양호 : 경상남도 진주시 판문동, 귀곡동, 대평면, 내동면과 사천시 곤명면에 걸쳐 있는 인공호수.

밤길이 밤새 길을 지웠다

야심夜深한 밤에 야심野心을 품고
야심倻甚하게 물으신다면

밤길에 나서서
지난밤 더듬거린 꿈길을 지워보고 말씀드리겠습니다

별 뜻 없는 밤길에
별을 어디에 둘지 별자릴 지워보고 말씀드리겠습니다

밤길 돌아다니다 돌아오지 않은 사람 중에
소리 없이 소리 나는 발소리는 뉘 발소린지
방향을 가리키는 이정표에게 물어보고 말씀드리겠습니다

사탕처럼 사랑을 핥고 있는 밤과
사랑을 사탕처럼 아끼고 있는 길 중에서
어느 쪽이 더 아찔한지
사랑을 받아본 꽃에게 물어보고 말씀드리겠습니다

약국 서너 곳을 지나칠 때까지

두고 온 마음이 낫질 않는군요

고양이가 새처럼 날아오른 곳이

마음 둘 곳이라고 말하는 가슴에 대해

몰라서 모르는 것을 죄다 말씀드리겠습니다

그래도 부족하다구요

그렇다면, 밤길에 마지막까지 남아 있는

나까지 지워보고 말씀드리겠습니다

북해도행北海道行 · 1

먼 산이 길을 잃고 헤맨다
가까운 길이 발자국을 잃고 헤맨다

소리 없는 눈의 발자국 소리에
동네가 동네를 잃고 헤매는 것쯤은
마음이 제자리를 잃고 헤매는 일에 비하면
아무것도 아닌 일이었다

백설은 새로 시작하라는 백지일까
폭설은 다시 시작하라는 무덤일까

까마귀 울음의 무게를 견디지 못한 가지가 푹 꺾인다
나에게로 돌아오는 길
기억 모퉁이 돌 때마다 꺾어놓은 날가지들이
울지 않고 지나간 길목마다 널브러져 있다

어디를 가려던 참이었는지
어디에서 돌아오려던 참이었는지 모르는 일쯤은

내가 어디서 시작되었는지조차 모르는 것에 비하면
아무것도 아닌 일이었다

북해도행北海道行 · 2

까마귀 발자국이 하얗다
아무도 밟지 않은 허공을 깎다 멍든 부리 때문에
단지 까마귀의 이름이 까매졌을 뿐일 것이다

자작나무가 걸음을 멈춘다
걸음이 잃어버린 발자국을 세다가
하얗게 까먹고 다시 처음부터 세고 있을 뿐일 것이다

하얀 거짓말을 들은 걱정으로 머릿속이 하얘지고 있다
눈 속에 파묻혀야 멈출 것같이 걱정스런 기차가
하얀 거짓말같이 뒷걸음질 치듯 눈 속을 달린다
거짓말보다 걱정이 앞서는 이유는 하얀색 때문일까

발자국 하얀 까마귀만이
아무도 딛지 않은 허공을 걸어갔을 뿐인데

폭설이 그치자
누가 다녀갔는지 발밑이 얼룩덜룩하다

북해도행北海道行 · 3

눈 내리면 둘 곳 없는 눈길이 젖고
비 내리면 갈 곳 없는 발길이 젖는다

눈 내릴 때 마른 곳까지 젖고
비 내릴 때 말린 곳까지 젖었으니

사는 날까지
얼마나 더 눈비 내려
나를 적실까

죽는 날까지 마를 날 없을 것처럼
진눈깨비 내린다

키스, 그 독한

아무리 달달해 보이기로서니
나의 침에 눈독 들이지 마세요
눈 감을 때
그대가 떠오르지 않으면
나를 죽여 버리고 싶을지 몰라
준비해 둔 독이니까요

아무리 천박해 보이기로서니
나의 침을 모독하지 마세요
허락을 배신하고
곁눈 떠 허튼짓하면
너 죽고 나 죽고 싶을지 몰라
준비해 둔 독이니까요

비봉산飛鳳山*

밀리고 밀려서
너는 갈 곳 없이 밀린 계절은
산자락에 와서 피를 토해놓고 갔다

밀리고 밀려서
더는 설 곳 없이 밀린 사람은
피를 토하는 심정으로 산자락으로 갔다

산이 내려놓은 산자락
사람이 내려놓은 끝자락

핏빛으로 물든 산은 사람을 안고 살고
핏빛에 물든 사람은 산에 안겨 산다

* 비봉산飛鳳山 : 경상남도 진주시의 봉안동과 초장동의 경계에 위치한 산으로, 진주의 진산이다.

나에게로 가는 여행

당신이 중세보다 고단한 유럽을 다녀올 동안
나는 유럽보다 멀고 중세보다 험해서
당일치기로는 가지 않던 나에게 다녀왔다네
내 안에 나를 가둔 성城을 지키고 있는 나를 만나
일생을 견고하게 지켜온 표정 속을 헤매다 왔다네

당신이 침대 머리맡에 갖다 바치는 조식보다 달콤한
낙원의 휴양지를 다녀올 동안
나는 끼니보다 귀찮고 낙원보다 참을성 없어
벼락치기로 갈 수밖에 없는 나에게 다녀왔다네
기억이나 뒤적이는 일로 하루를 살아가며
살아야 할 이유마저
기억에게 구걸하고 다니는 나를 만나고 왔다네

거기엔, 내가 가보지 않은 내가 있었다네

다음엔 함께 갈려고 당신에게
거기를 다 본 것처럼 말하지 않고 있다네

새들의 발자국 · 2

새는
있어도 있은 적 없고
없어도 없었던 적 없는 허공에서
울음의 지문에 자국을 끼우고 걸어온 하루를 되짚는다
발자국을 지키지 않으면
허공을 빼앗긴다는 것을 알고 있기 때문이다

결정 장애를 앓던 이가 이혼을 한 후
항상 껌 종이를 주머니에 넣고 다닌단다
미련을 씹다 뱉으면 달라붙는 애들의 발자국을
언제든지 싸서 버리기 위해서란다

그 말 때문에 나는
내 말을 듣지 않는 발길을 눈길에 수장시켜 둔다
돌아갈 발자국이 없으면
돌이킬 기억이 없다는 것을 알고 있기 때문이다

발자국을 지우고 떠난 새들의 하늘이
눈 아릴 만큼 말끔하다

진양호晉陽湖 · 3

자국 없이 걷는 물의 발소리
물이 밟고 간 땅의 젖은 발자국

진구렁 디딘 발자국에 물이 괸다
심연深淵에 살아 눈물 많아진 새가
그 발자국에 제 발 끼워보고 있다

자박자박 발소리 들려오면
귓바퀴에 물이 고이는 호반

누워서 소리 없이 울었는가 보구나, 너는

그렇게라도 울 수 있어서 좋겠구나, 너는

기구한 일상日常

벌레들이 내 발치에서
보이지 않게 먹이를 구하고
보이지 않게 집을 짓고
보이지 않게 사랑을 하는 동안

나는 벌레의 발치에서보다
하염없이 가난하고
부질없는 사랑을 하고
속절없는 시詩를 짓고 있었다

벌레는 기어가는 것이 아니라
앞으로 가고 있었고
나는 걸어간 만큼 뒤돌아보고 있었다

벌레는 살아가고 있는 게 아니라
살아내고 있었고
나는 살아서 죽어가고 있었다

나무 의자

사진관 주인보다
나무 의자가 더 위태롭게 늙어 있다

오래되었기에 아름다울 수 있다는 위험한 생각이
남은 시간을 더 위험하게 엄습할 때
남은 힘 다해 나의 등과 골반을 곧게 받쳐주고 있다
뼈마디에 덧댄 꺾쇠마다 꺾어 삼킨 속울음이
바람이 울고 간 나무로 만든 의자였음을 증명하고 있다

한 줄 바람이 지날 때 흔들린 나무는
흔들린 만큼의 헐거움으로 걸어가고

멎는 곳이 어딘 줄 모르는 내 삶도
뒤를 돌아본 만큼 틈이 좀 더 헐거워져 있다

작은 배 한 척인 양
찌그덕 찌이꺽 노를 젓던 의자가
그을린 나이테에 신음을 식목하며
헐거운 제 그림자 주위 모아 영정사진 찍고 있다

제4부

바람 그리고 바람

1.
바람이고 싶은 적 없었지만
옛날은 오늘에 이르러 돌풍이 되고
오늘은 그 옛날이 되어 질풍이 되고

바람이 되려 한 적 없었지만
너무 멀어져 버린 옛날과
너무 멀리 와버린 오늘

바람 같은 짤막한 윤회를 위하여
바람이 되어 숨어 지내는
나의 옛날이야기

바람, 다가서면 물러서고
물러서면 다가오고
한 번도 내 품에 가만있은 적 없었다
나의 옛날이야기처럼

2.

기다리지 않아도 오는

널 기다리며

문밖에 섰다가

네가 오면

함께 바다로 가서

실컷 울고 온다

몽유일기夢遊日記 · 4

이 길로 오나 저 길로 오나

까치발 너머로 분꽃* 피는

창밖 내다보며

먼 구름 쥐어보다가 놓치다가

이제나 오나 저제나 오나

한숨 너머로 박꽃** 피는

창밖 내다보며

먼 길 굽어보다가 길을 잃다가

돌아와 누운 밤 꽃향기

나는 창을 닫고

밤새 파계破戒를 했다

* 분꽃 : 오후 4시 무렵이면 꽃이 피었다가 다음 날 아침에 오므라든다.
** 박꽃 : 해 질 무렵에 꽃이 피며 다음 날 새벽이나 아침에 시든다.

진치령 터널*

엉겅퀴는 조기弔旗를 내걸지도 않았는데
나팔꽃은 애도의 나팔을 불고
8월의 억센 쑥 향이
풀쩍풀쩍 메뚜기처럼 몸을 던질 때
통곡하는 매미 앞세우고
만장 깃발 든 댓바람 뒤를
참깨꽃 흰 소복 행렬이 따라가고 있다

터널이 관棺이었고 무덤이었던
그날처럼

* 진치령 터널 : 진주시 주약동 약골에 위치한 기차 터널. 1950년 8월 한국전
쟁 당시 미군 전투기의 기총소사와 폭격으로 피란민 250명의 목숨을 앗아간
아픈 역사가 있는 곳이다.

몽유일기夢遊日記 · 9

나보고 걸어라 했으면
나서기 전에 돌아섰을 나의 가슴 길을
지랄같이 들쭉날쭉 삐뚤빼뚤해서
나마저 걷지 않고 내버려둔 나의 가슴 길을
오랜 세월 걸어온 사람

그 사람이 아프다
요동치는 길을 걸어오느라
고르고 평평한 길에서도 땅 멀미하듯 걷는다

맹종으로 닳아버린 믿음의 연골들
물러나는 데만 익숙해진 채 굳어버린 관절들
다 내어주고 허울만 남은 이름의 뒷전들

나에겐 친절했지만 자신에겐 외로웠을 길
이제는 내가
그 사람의 길을 가야 할 때가 되었다
그 사람의 외길을 걸어야 할 때가 되었다

그 사람이 아픈 영혼을 데리고

내 가슴 속을 걸어 나가기 전에

남강南江*

남강에 담긴 물새는
남강에 담긴 절벽에 깃들고

남강에 담긴 바람은
남강에 담긴 하늘에 서린다

남강에 담긴 촉석루는
남강에 담긴 의암義巖**에 어리고

남강에 담긴 유등流燈은
남강에 담긴 달빛에 기우는데

내가 담긴 남강에
담기지 않는 이야기 한 소절

내 옆을 비워놓은 한 사람의

* 남강南江 : 함양군 서상면 남덕유산에서 발원하는 남계천으로, 진양호에서
남강댐을 거친 뒤부터 남강으로 불리며, 진주를 가로지르는 강.
**의암義嵓 : 임진왜란 당시, 논개가 왜장을 껴안고 빠져 죽은 곳이다.

유등별곡流燈別曲

몰래 떠나는 뒷모습을 봐버린 날
아무도 기다리지 않는 강으로 갔다

가슴에서 죽어버린 가슴을
가슴에 묻고 돌아오던 날
더는 기다리지 않아도 되는 강으로 갔다

길을 잃으면 잃어버린 그 길에
그대로 서 있어야 하는 것처럼
강을 바라보다 꾼 꿈은
꿈도 흐르지 않는 뒷모습이었음을

등 하나 밝히는 일이
물길 하나 밝히지 못해도

마음 하나 밝히는 일이
한 사람을 밝히는 길이었길

뒤벼리*에서 뛰어내린 달빛이 물빛 흐릴라

강아, 돌아보지 말고 어서 가기라

* 뒤벼리 : '북쪽에 있는 벼랑'이라는 뜻으로, 진주 팔경 중의 한 곳이다.

선線·4

― 진주교* 야행

소나기가 다급히 씻겨놓고 간 야경
또렷할수록 쓸쓸해지는 기억인 양
갈가리 찢어 다리 아래로 흘려보내고 있다

손 닿지 않는 등에 꽂혀 기대는 기억마다
아프던 말의 파문이 쑤셔온다

다리 위에 서면
불러도 돌아보지 않는 등들의 행방이 실족되고 있다

가슴을 다 써버려서 가슴 없이 떠돌며
난간에 줄지어 앉아 떠드는 영혼의 가슴을
뿌리 없이 떠돌다 웃자란 바람이 뚫고 가고

무례하던 계절이 빠져 죽은 교각의 발목엔
철 지난 물살의 멱 감는 소리가 웃자라 있다

다리목에서 맨땅 쿡쿡 차며 기다리던 발목과

기다림을 출발시키지 않고 있는 황색 신호등과의

닿을 수 없는 두 간극을 잇고 있는 구조물은

물새의 간헐적인 울음뿐이다

웅덩이처럼 헐끔한 눈에 고인 야경을

첫차가 무너뜨리고 지나간다

어둠 속을 지나온 내 영혼이

발이 닿지 않는 난간에서 허우적거린다

* 진주교晉州橋 : 진주시에서 가장 오래된 다리이며, 칠암동과 중앙동을 연결
하는 272.7m의 다리로 남강 위를 지난다.

만보기 萬步機

돌아와야 하는 길을
얼마나 걸어갔던 걸까

돌아와야 하는 길이
돌아갈 수 없는 길보다 멀다

천 걸음이 나로부터
얼마나 떨어진 너인지 몰랐다

만 걸음이 나로부터
얼마나 멀어진 너인지 몰랐다

돌아와야 하는 길이
돌이킬 수 없는 길보다 멀다

길의 뒤꿈치에 굳은살이 박이려는지
발자국에 어둑어둑 피딱지가 괸다

길을 잃으면 닿을 수 있을까

꿈길에서 마주치면 뭐라고 해야 할까

종기腫氣

바람이 건듯 불 때 귓불 달아오르는 이슬

노란 꽃으로 피어날까

빨간 꽃으로 피어날까

개구리알보다 일찍 깬 기척이 노르스름하고

햇살이 젖 빨려고 빼죽 내민 혀가 불그스름하다

아무도 못 보게 숨겨 키운다

함부로 못 크게 가려 키운다

만지지도 못할 만큼 모진 업業이 가둬 키운 열꽃

대궁을 밀어 올리지 못한 꽃망울이

너무 이른 계절을 터뜨린다

못다 핀 꽃물에 신음 밴다

비가 비에 젖을 때

발기된 밤비를 골목에 끼울 거야

시꺼먼 곰팡이들이 수그리고

야한 낙서만 골라 읽는 담벼락에

축축한 가로등 불빛이 흐느적거리면

바람에 인색한 창들이 다리를 오므리고

아귀 헐렁한 대문들이 앞섶을 여민다

빗발의 씨앗을 낙태한 적 있는 화분의 실금이

허전한 밤처럼 실눈 뜬 채 부르트고

하루살이는 마감 시간을 들락거리며 숨이 가쁘다

골목의 골반을 껴안고 흔드는 비의 궤적

자궁 없는 장화 속에

피임하지 않은 빗물이 찔꺽찔꺽 고인다

무진정無盡亭* 초고草稿

비가 한번 내릴 때마다
다시 올 계절이 가고
다시 갈 계절이 온다

내가 있어도 가는 계절은
네가 없어서 오고야 말 계절일지도 모를 일

비가 한번 내릴 때마다
바람 건듯 스쳐도 우는 나무에
눈물 마른 새가 울고 간다

팔작지붕 우산 아래서
무진장無盡藏 남은 그리움을 언제나 다할까

비가 한번 내릴 때마다
아는 네가 가고
알다가도 모를 네가 온다

비가,

비만이 제 다함을 다하고 있다

* 무진정無盡亭 : 조선시대의 문신 무진無盡 조삼趙參이 기거하던 곳으로, 후
손들이 그의 덕을 추모하기 위하여 정자를 건립하고, 그의 호를 따서 무진정
이라 하였다.

표정도 기댈 곳이 필요하다

놀러 왔다 눌러앉은 별과

놀러 온 별을 눌러 앉힌 별을 연결하면 별자리가 되듯

통증으로 면역력을 키운 가슴과

마음의 끝을 데리고 갈 데 없는 시선을 이어

제자리를 만들어보려고

창문에 어렴풋이 베껴져 있던 내가

빗발의 발끝에 채여 얼룩이 지고 있다

불을 끈다 내가 어두워져야

나를 안으로 데려올 수 있기 때문이다

나를 지켜보다 창문을 닫고 나가버린 어둠의 뒷모습과

나가버린 창문 앞을 지키고 있는 어둠의 뒷모습을

구별하게 된 그때부터 내가 어두워진다

창문과 어둠 사이에서

인화되지 않은 나를 날염捺染하고 있었던 건 비의 잔상일까

혼자 너른 창문 앞에서

오른, 옳은 하다가

윈, 웬 하던 내가 혼자와 닮은 나를 발견한다

함께 웃었으면 더 크게 웃었을지도 모를 일

혼자 지새는 밤이었기에 뒤척이던 밤에도
함께 잤으면 더 일찍 잠들었을지도 모를 일
마주칠까 불안해하면서
스위치를 올리지 않는다 낯가림이 심해서

가슴이 얼굴만 해졌다

눈 감아도
보이지 않는 널 찾을 수 있는
눈보다 밝은 눈

귀 닫아도
두근거림으로 널 찾을 수 있는
귀보다 큰 귀

보고 들은 것을
널 위해
다물고 죽을 수도 있는
입보다 무거운 입

가슴, 얼굴처럼 다 가졌으면서
얼굴이 가진 표정보다 아픈 까닭은 뭘까

일구육사 · 2

갓 난 나를 마지막으로 안아보았을 엄마는
내가 한 번도 안아보지 못한 엄마였기에
마음속으로 골백번 부른들
나는 얼굴도 모르는 엄마의 아들일 수밖에 없어
사람의 마음을 안아줄 줄 모르는 사람이 되었습니다

갓 난 나를 안고 마지막 손을 풀지 못했을 엄마는
내가 단 한 번도 안아주지 못한 엄마였기에
미움 속에 두고 천번 만번 원망한들
나는 얼굴도 모르는 엄마의 아들일 수밖에 없어
사람의 미움을 안아주지 못하는 사람이 되었습니다

오늘, 난생처음 어떻게 생긴 지도 모르는
투정이란 걸 부려보고 싶은데
엄마의 아들이라서 안 되는지요

가을이 선물이라면

주지 않으면 받을 수 없고
받지 않아도 줄 수 있고
줘도 받지 않으면 어쩔 수 없고
받아도 주지 않으면 그 또한 어쩔 수 없는
그것이 선물이라 하더라도

가을이 주려 할 때 받아라
쓸쓸함에 지치는 일 없도록
빈껍데기 푸짐한 허공을 건넬지라도

그리고 가을에게도 줘라
가을이 건넨 허공으로 만든
사랑받지 못한 날들의 눈부신 그리움을

겨울이 오면 그땐
다시, 라는 눈길조차 민망해질 테니
그때가 오면 그땐
다시, 라는 입김조차 꺼내지 못할 테니

그때, 시작할 수 없는 사랑만 남아

주고받을 사랑조차 남지 않으리니

그날 이후

'할배 오시모, 짜장면 뭇다는 말 하모 안 된다 알것제'
아버지의 신신당부 앞에서
'하부지, 나 따당면 안 뭇다'라고 말하던 꼬맹이가

열심히 사리물던 아이스께끼 꼬챙이를
수박 맛 저녁 하늘에 담가 한 번 더 빨아먹던 아이가

그림을 최초로 그리기 시작한 크로마뇽인의 후예답게
골목의 낙서를 청사진같이 들여다보던 소년이

속여도 속지 않는 허기를 안고
속여도 속아주는 허공을 향해
빈 주먹질에 옹이를 새기던 그날 이후

지고 싶지 않은 것에는
팔지도 못할 제 이름을 걸고

이기고 싶은 것에는

허락 없이 부모를 걸고

거짓말이 낳은 또 다른 거짓말은
억지와의 사이에서 태어난 참말임을 증명하기 위해
양심 없이 제 것도 아닌 하늘을 걸고

설쳐댄다
설쳐댄다

찢긴 페이지 틈으로 걸어가다

정재훈

(문학평론가)

『바람풍선의 수화』를 읽었다. 박기원 시인의 세 번째 시집이다. 마주친 바람의 얼굴을 손끝으로 더듬었다. 지금도 손끝으로 희미하게나마 그 굴곡의 잔상이 남아 있는 듯하다. '수화'란 무엇일까. 그것은 일상에서 우리가 흔히 말하고 듣는 과정에서의 의사소통과는 가장 멀리 떨어진 말들이다. 누군가를 이해시켜야 하고 또는 상대방보다 대화의 주도권을 갖는 것이 아니라, 오히려 그저 "우리 사이에 두었다"(「바짝 앉으니 반짝 빛난다」)라는 심정으로 차분히 여백을 채워나가는 것이 '수화'의 말이다. "어루만지고 매만지는 눈길"을 상대에게 건네며 시작된 말들은 그렇게 무수한 눈빛과 숨결의 굴곡을 지나쳐 이야기의 여백을 채워 나간다.

하지만 대부분의 사람들은 이러한 방식에 서툴다. 어쩌면 '수화'에서 약속된 손짓보다는 그 '눈길'부터 누군가에게 보내는 것조차 쉽지 않아서일지도 모른다. "눈시울이 훔친 눈물보다 빠르게 눈치를 갈아 끼우고"(「그해 겨울, 유독 추웠다」) 누군가의 슬픔에 대해 짐짓 모른 척해야만 했던 때가 많았기 때문이었을 것이다. 무작정 앞만 보고 가다가 "사람을 잃어버렸다"(「다섯 번째 방향」)는 뒤늦은 후회에 사로잡혀 결국에는 이 슬픔이 "누구의 이별인지/ 누구의 그리움인지 분간할 수 없"음을 자책할 때도 있지는 않았을까. 결국에는 "내가 파놓은 남의 빈 가슴"을 내 손으로 다시 메우려는 절박한 몸부림이 반복되면서 점차 시 쓰기가 '노동'이 되었다.

박기원 시인의 이번 시집에서는 유독 '길을 잃어 방황하는 마음'이 곳곳에 펼쳐져 있었다. 길을 잃고 주저앉거나(「강둑실록」), 헝클어져 떠내려가고(「그림일기」), 누군가의 울음소리에 귀를 기울이던(「진양호晉陽湖·3」) 마음을 엿볼 수 있었다. 그리고 조금씩 길 위에서 발자국을 잃고 헤매다 결국에는 마음마저 제자리를 잃어버리는(「북해도행北海道行·1」) 절박한 순간도 있었을 것이다. 지금까지 "걸어간 만큼 뒤돌아"(「기구한 일상日常」) 보는 일이 노동이 될 줄은 시인 자신도 몰랐으리라. 게다가 그 일이 이제껏 느끼지 못한 감정의 여백을 채워나가는 것이고, 또는 누군가의 울음을 듣는 순간에도 함께 울고 싶은 마음이 드는 것이기에 '시인'이라는 이름이 얼마나 무거운 것인지도 알게 되지는 않았을까.

갈 곳 정해진 하루는
오라는 곳 없는 오늘과 기억이 같을까

국밥집에서 허겁지겁 베어 먹은 뜨거운 김이
줄이 엉킨 정류장에서 입김으로 줄줄 새어 나왔다
수은주가 웅크릴수록 남해로 가는 버스는
건조한 허공끼리 부딪치는 어깨처럼 투덜댔다
코를 풀지 않은 맹맹한 공기와
흐리멍덩한 풍경이 마주치는 동안
누가 없앤 마음인지 모르는 가슴이
김 서린 차창에 하트를 찍던 손과의 악수를 꺼렸다

살얼음 같던 사람의 체감온도를 기록해 둔 수첩을 꺼내
하루치 감정의 절댓값과
하루에 열두 번도 더 바뀌는 마음의 기울기를
체온계 없이 새로운 방식으로 재어본다
늘 그랬듯 새롭지 않은 방식으로 돌아올 것이었지만
늘 그랬듯 이번에도

돌아올 수 없을지도 모른다고 적어두었다

…(중략)…

부동항을 찾아가고 있다

푸른 이끼 찾아 툰드라를 맨발로 뒤적이는 순록처럼

바다가 많은 바다에 가서

제 가슴 깊이보다 깊이 얼어본 적 없는 바다가

가슴 언 사람보다 더 가슴 치며

격랑의 몸부림을 치는 연유가 무엇인지 알아내고 싶다

　　　　　　　　　　　　　　　　　—「한파주의보」 부분

　시인이 누군가의 온기를 담아둔 "수첩"에는 훗날 어떤 시구가 나오게 될까. 세상으로부터 감춰진 시인의 품 안에서 있던 수첩은 언제쯤 격랑과도 같은 시를 토해내게 될까. "늘 그랬듯 새롭지 않은 방식"은 시인과 거리가 멀었다. 시인의 수첩에 적힌 말들은 이곳에 정해진 방식을 늘 빗나갔으며 그래서 무용無用했다. 하지만 정작 시인의 눈에 비친 "갈 곳 정해진 하루"는 고작해야 정량에 가까운 말들만 소비되고 사라질 뿐이었다. 그래서 하루치 일당과도 같은 감정일지라도 시인은 그것을 수첩으로 받아 적고 홀로 저울질을 하면서 점점 더 사람다운 온기를 갈망하게 되었다. 누군가의 "가슴"과 뒤엉켰을 "격랑의 몸부림"은 수첩 곳곳에 하루하루 깊숙이 팬 자국들을 굴곡처럼 남겼다.

〈시인의 말〉에서도 감정의 굴곡을 엿볼 수 있었다. 비가 내릴 듯하면서도 내리지 않고, 술에 취한 것 같지만 정작 취하지 않으며, 간절하게 바랐던 무언가를 마주했다고 느낀 순간 이내 사라져 버렸던 때가 머릿속을 스쳤다. 방황이든 울음이든 그것들은 '경계'와 관련이 있다. 그리고 그 위에서 벌어진 모든 일들은 시인을 시인답게 만든다. 휘몰아치고 뒤얽힌 곳일수록 시인의 마음은 함께 요동친다. 박기원 시인이 가리킨 '비'와 '시' 그리고 '술'의 공통점은 바로 물처럼 흘러내린다는 것이다. "물소리 들리는 쪽"(「진양호晉陽湖 · 2」)으로 몸을 기울고자 하는 것은 이곳으로부터 멀어지기 위한 시작(始作/詩作)이었다. 종착지가 없는 궤적으로 떠도는 삶의 운명적 기착지는 바로 "부동항"(「한파주의보」)이었다.

세상으로 나를 내보낼 때에는
나서야 할 이유가 잔잔해질 때까지
함부로 나서지 말라는 이유도 있었을 터

세상으로 나를 등 떠밀 때에는
나서지 않으면 안 될 이유가 잠잠해질 때까지
어설피 나서지 말라는 이유도 있었을 터

수평선같이 살아라

말씀의 표면장력이 나를 길들인다

내가 만든 세상의 불신이 너울처럼 깊어지고

깊어질수록 발끝이 닿지 않는 세상의 수심水深

수평선,

다가갈수록 나를 밀어내고 있는 것일까

다가설수록 멀어지고 있다

　　　　　　　　　　　—「수평에서 멈추다 · 3」 전문

　위 시 바로 앞에는 「수평에서 멈추다 · 1」이 실려 있다. "느
슨했던 게 아니라 끊어져 있었다"라는 시구를 곱씹다 보면, 느
슨함이 가져다주는 안주安住보다는 오히려 끊어질지언정 잠
깐만이라도 격렬함을 뿜어내며 튕겨지는 감정의 진폭을 떠올
리게 된다. 함부로 하고 어설피 나섰던 그때의 팽팽했던 반항
심이 '부동항'의 저 수평선으로까지 화자의 발걸음을 인도했
으리라. 이곳으로부터 가장 먼 곳에 위치했을 외진 항구, 그
육지의 끝에서 수평선線을 마주한 마음의 균열은 눈앞에 장대
하게 펼쳐진 선線과 맞닿으면서 누그러졌을 것이다. 위 시에
서 "수평선같이 살아라"라는 자연에 기댄 초월적 "말씀의 표면

장력"은 화자인 나를 어찌할 수 없게 만드는 거대한 심연과도 같다.

그럼에도 "발끝이 닿지 않는 세상의 수심水深"은 여전히 내 마음속에 자리 잡고 있었을 것이다. 지긋지긋한 "세상의 불신"을 만든 것이 내 탓도 있지만, '시인'이라는 이름을 짊어지기로 한 이상 이것은 필연적인 결과에 가깝다. 시적인 힘, 그 알 수 없는 말들의 표면장력은 시인을 '시인'의 길로 인도했었을 것이다. 아울러, 또 다른 연작시인 「수평에서 멈추다 · 5」에서 볼 수 있듯 그 시적 울림은 "단 한 번도 수직이었던 적 없던 삶"을 뒤흔들어 그동안 감춰졌던 마음속 깊은 수심을 드러냈을 것이다. 그리고 그 안에는 언제든지 세상에 격랑을 일으킬 만한 한 줄기 마음이 품어져 있지는 않았을까.

1.
바람이고 싶은 적 없었지만
옛날은 오늘에 이르러 돌풍이 되고
오늘은 그 옛날이 되어 질풍이 되고

바람이 되려 한 적 없었지만
너무 멀어져 버린 옛날과
너무 멀리 와버린 오늘

바람 같은 짤막한 윤회를 위하여

바람이 되어 숨어 지내는

나의 옛날이야기

바람, 다가서면 물러서고

물러서면 다가오고

한 번도 내 품에 가만있은 적 없었다

나의 옛날이야기처럼

2.

기다리지 않아도 오는

널 기다리며

문밖에 섰다가

네가 오면

함께 바다로 가서

실컷 울고 온다

　　　　　　　　　　　　―「바람 그리고 바람」전문

　하지만 넘어지면서도 다시금 일어나는 삶의 몸부림은 외줄
을 타는 것처럼 언제나 위태롭다. 아마도 시인은 바다의 수평
선을 보기 전부터 이미 "바람"이 자기 삶의 일부라고 생각했는
지도 모른다. "바람의 소리와 파도의 말을 기록"(「외계어」)해

나가는 것이 자신에게 주어진 노동이라 생각했던 시인에게는 그 소리와 말들이 낯설지가 않았을 것이다. 물론, 시적인 언어라는 것이 "세상과의 교신"과는 상당히 거리가 멀기 때문에 시는 지금까지 이곳의 문법으로는 언제나 "비문非文"처럼 취급받아 왔다. 위 시에서 "기다리지 않아도 오는/ 널 기다리며" 서 있던 문밖은 또 다른 문文이기도 했다. 문밖의 여백을 채워 나갔던 만남과 이별의 숱한 순간들이 있었기에 발걸음 또한 훌쩍 바다로 향할 수 있었다. 육지의 끝자락에 서서 눈물을 흘리며 바람에 흘려보낸 이야기들의 조각들이 뿔뿔이 흩어졌다.

위 시에 나타난 바람의 속도는 이곳의 시간보다 무척이나 짧은 듯했지만, 한편으로는 그 바람에 의해 실려 온 "나의 옛날이야기"가 일상 곳곳에 뿌리를 무겁게 내리는 것처럼 보였다. '외계어'와 같은 낯선 언어가 '나의 이야기'와 함께 뒤섞여 일상을 뒤흔들었다. 수평선을 가로질렀던 격랑만큼이나 "돌풍"과 "질풍"이 되어 불어닥치는 '옛날이야기'는 화자인 시인이 지금까지 들어보지 못했던 뜻밖의 고백처럼 낯설기도 했을 것이다. 잠시 잊고 있던 또 다른 '나'와의 조우이기 때문이다. 그렇게 익숙했던 일상의 행간 틈으로 비문이 자리 잡는 순간, 관습과 상식으로 잔잔했던 수평선에 일순 파동이 일어난다. '옛날이야기'로써 모습을 드러낸 "너"는 또 다른 '나'이면서 동시에 지금껏 흘리지 못했던 눈물이며 울음이다.

시절은 비에 젖은 책장처럼 넘겨지질 않았고, 가난은 비 맞은 책장처럼 불어나고 있었다. 까마귀같이 악을 쓰며 늘 울던 사람이 울어야 끝을 맺던 어른들의 싸움은, 먼저 울면 끝이 나던 아이들의 싸움과 달랐다. 찌그러질지언정 부서지지 않는 세간이 수욕羞辱의 능선에 포탄처럼 떨어질 때, 부러져 비뚤게 강직된 뼈처럼 접혀지지 않는 밥상 다리 옆을 방공호인 양 몸 숨기고, 듣지 않으려고 아니, 아무것도 들리지 않으려고 책을 펴고 있었다. 어린 나를 구원하려고 생지옥에 뛰어든 글자들이 들켜버린 암호처럼 눈물보다 짠 김칫국물에 이지러지고 있었다.

혈족 없는 행간에 맡겨져 빈 젖통인 만연체의 문장에게 젖 동냥 다니고 있었다. 감정만 소비하는 인문서의 낭비벽이 갈피 많은 꿈을 감쪽같이 타락시키고 있었다. 끝을 내지 않은 지난날 때문에 시작도 못하고 있는 앞날이 덧날까 봐, 상처가 돋보이도록 감동이 적나라한 책의 반전에 연루된 결말은 덮어두었다. 책이 있었기에 살아낼 수 있었던 날보다 살아남기 위해 책을 드는 날이 잦았고, 잦을수록 연탄가스를 마시고도 살아남은 날처럼 앞날이 자욱해졌다.

어떻게 읽어도 슬픈 어린 날은
어떻게 찢어도 슬픈 울음소리를 가지고 있다.

어제의 기억을 가지고 사는 오늘이

부러져 비뚤게 강직된 마음 쩔뚝이며

도저히 읽을 수 없었던 것을 읽어야만 했던

그날처럼 걸어가고 있다.

세상은 아직도 싸우고 있는가

어디선가 까마귀 우는소리 들려오고 있다.

　　　　　　　　　　　　　　　　　　—「달 뒷면의 표류기」전문

　인생을 책, 하루를 페이지로 비유하자면 시인은 지독한 난독증難讀症을 앓고 있다고 봐야 한다. "어떻게 읽어도" 의미를 알 길이 막막했을 것이다. 비문들이 곳곳에 뿌리내린 일상의 행간들은 어느덧 "도저히 읽을 수 없"는 상황이 되어버렸다. 하지만 그럼에도 시인은 읽어야만 했다. 여느 때와 마찬가지로 길을 걸어가야만 했다. 특히 위 시를 보다 보면, 수평선을 부여잡으면서 다시금 고개를 내밀어도 삶은 그 자체만으로 끊임없이 표류하는 듯하다. 눈물에 젖은 하루, 그 페이지에 새겨진 통증은 유년 시절의 아픔을 환상통처럼 되살린다. 물기를 머금은 비문들이 종이 위로 퍼진다. "살아남기 위해 책을 드는 날이 잦았"던 그때 그 시절에 어떤 비문은 삶에 대해 각성하게 만든 '쓴 약'과도 같다.

한편, 마음을 헤집었던 비문들의 운명은 어디로 향하게 될까. 쓰디쓴 약은 필연적으로 어떤 저항을 동반한다. "약국 서너 곳을 지나칠 때까지/ 두고 온 마음이 낫질 않는"(「밤길이 밤새 길을 지웠다」) 것처럼 시인의 손끝에서 시작된 글자들이 일상 곳곳에 흘러내린다. 그러다가 언젠가는 누군가의 마음에 뿌리를 내릴 것이다. 하지만 쉽지 않다. 통증이 뒤따를 수밖에 없다. 일상에 자리 잡아 견고하기만 했던 행간을 비집고 들어갔을 시인의 문장들, 저 "생지옥에 뛰어든 글자들"은 "어제의 기억을 가지고 사는 오늘"의 사투 속에서 어떻게든 살아남고자 몸부림치게 될 것이다. 시로 인해서 조금씩 "통증으로 면역력을 키운 가슴"(「표정도 기댈 곳이 필요하다」)은 그렇게 계속해서 자신에게 주어진 길을 걸어갈 것이다.

　시인에게 시란 무엇일까. 그것은 곧 누군가의 "마음 하나 밝히는 일"(「유등별곡」)이자, "한 사람을 밝히는 길"을 향해 한 걸음씩 나아가고자 하려는 또 다른 마음에서 나오는 울림이다. 당장에 보이지는 않겠지만 언젠가 저기가 "마음 둘 곳이라고 말하는 가슴"(「밤길이 밤새 길을 지웠다」)으로 가만히 누군가의 울음에 귀를 기울이면서 그것을 하나하나 수첩에 받아 적는 일을 시인은 앞으로도 계속할 것이다. "기억에게 구걸하고 다니는"(「나에게로 가는 여행」) 것이라고 세상이 손가락질을 하더라도, 결국 "거기엔, 내가 가보지 않은 내가 있었다"라는 쓰디쓴 진리가 시인을 계속해서 움직이게 할 것이다. 찢긴 페이지의 틈에는 아직도 밝혀지지 않은 수많은 마음들이 살아 숨 쉬고 있다. 그리고 오늘도 어김없이 시인은 그곳으로 발걸음을 옮긴다.▨

ㅣ 박기원 ㅣ

경남 진주 출생. 2014년 『경남문학』으로 등단했다. 시집으로 『마리
오네트가 사는 102동』『마추픽추에서 온 엽서』가 있다.

이메일 : paran366@naver.com

현대시 기획선 116
바람풍선의 수화

초판 인쇄 · 2024년 11월 5일
초판 발행 · 2024년 11월 10일
지은이 · 박기원
펴낸이 · 이선희
펴낸곳 · 한국문연
서울 서대문구 증가로29길 12-27, 101호
출판등록 1988년 3월 3일 제3-188호
편집실 ㅣ 서울 서대문구 증가로31길 39, 202호
대표전화 302-2717 ㅣ 팩스 · 6442-6053
디지털 현대시 www.koreapoem.co.kr
이메일 koreapoem@hanmail.net

ⓒ 박기원 2024
ISBN 978-89-6104-371-7 03810

값 12,000원

* 이 책은 한국예술인복지재단의 2024년 「일반예술활동준비지원금」을
보조 받아 제작되었습니다.